愛の縫い目はここ

最果タヒ

リトルモア

もくじ

愛の縫い目はここ

スクールゾーン

拾ったガラスの欠片が宝石に見えて、そっと持ち帰ったころ、わたし、抽象的なことばなんかに体をひたす必要はなかった。将来の夢をきかれるたびに、どうして、明日も生きているつもりでいるんだろうと思う。８歳の私は、明日は78歳のだれかと入れ替わっているかもしれない。歯向かえないほど眠たくなるかぎり、私の体はきっと、私のものにはなりません。

夕焼けがおちたあとで食べたものは、体の奥に置いた、たいまつのように輝いて、ちゃんと、翌朝ここに帰ってこられるように、帰れないなら別のだれかが代わりに住んでくれるように、夜の目印になっていた。曲がり角、もう永遠に会えないつもりできみと、挨拶を交わす。さみしさなんてものがある人は、自分の、遠い未来を信じすぎです。私はきみを忘れていくのに、きみは、いつまで、きみでいられるつもりなの。

少しでも触れたら、
「愛して」って声が漏れだしてしまうような人はいて、
そういう人が本当にこわい。
ぼくは風じゃないし、きみは、カーテンじゃない。
夏が終わり、来るのは秋ではない。

やさしいひとが、
間違って人を傷つけてしまったその瞬間を見ると安心する。
たてがみがゆれてこそばくて仕方がなくて、
走るのをやめられない馬みたいに、
ぼくもただ美しく、走り抜けていたかった。

ピンホールカメラの詩

恋とは呼べない関係が、川とともに流れている。
私たちの気配を潰していくように雨が降り、
まるであなたが遠くにいるように思える。
ここ数年でいちばん、心地いい時間。
私の命のほんのひとかけらは、きっと未来へはゆかずに、
ひたすら過去へと遡っているはずだった。
私が生まれるまえ、あの建物ができるまえ、合戦の気配、開拓の気配、
走り抜けるニホンオオカミと、黒くなるほど生い茂った緑。
私の瞳は私の知らないものを、すべて見て、ここにいた。
雨音が何を言っているのかわからないのは、
私たちが愚かなのではなくて、二人だから。

ここからは、人類の時代です。

ビニール傘の詩

冬は日が落ちるのが早い

暗いところから見る、明るい場所が好きだ。
喫茶店が流れていく車両を無視して、
大きな窓から橙の光をこぼしていた。
体の奥にああした部品があるなら、
もうすこし体をいたわって生きることもできる、
と、思いながら暗い道ばかりを選び、
走ったって、遠のいても近づいてもこない月を見上げている。

何もかもが変わろうとしている、
お腹が空きすぎると体の中に空気がめぐって、
空模様といつも以上にリンクする、
今は夜で、流星群がパキパキと流れて、春らしい感覚、
何もかもが変わるようなそんな感覚に満たされている。
今、何か食べたらきっとものすごく美味しいぞ。

海

遠くに見える船がすべて氷でできていて、ゆっくりと溶けて沈むしかないのだと想像しよう。気の毒だと目を細めるあいだ、だれよりも美しくいられる気がした。

あなたを愛している。子供に戻れば戻るほど正しくそう伝えることができる。だれも私を憎んでいないと信じられたころ、愛は当然のように与えるためのものでした。

肌がどんな気持ちよりも本当の私だと知っていて、長袖を着ていた。まぼろしのように消えていく方法でしか、きみを愛することはできない。心のこもった親切なんて、この世でいちばん、気持ち悪いと思いませんか。

生活のどこかに好きな瞬間があるなら、
そのことがきみの本当の遺言だ。
家族や恋人や友達といった存在はたしかにすばらしいけれど、
それを差し置いて、きみが大切にしているシャンプーボトルや、
窓から見える大きすぎるイチョウの木が、
死んでしまったきみの魂をつつんで、
それから貝のように硬くとじる。
永遠が始まる。
きみがまばたきのように、毎日一瞬だけ愛したものと共に。

真珠の詩

プリズム

ずっと青信号のまま歩くことができないのは、呼吸のリズムがずれているから。生まれたときは安産だったのに、今はよく立ち止まる。プラスチックに慣れ親しんだけれど、食べるのにはまだまだ抵抗があるらしいですね、髪の毛も同じぐらい食べるのに抵抗があります。体にはいくつも窓があって、そこからたくさんの心が飛び降りている。あなたからあなたが逃げ出しても、あなたは健康に暮らしていける、ただ女の子じゃなくなっていくだけだ、あなたはあなたの名前があれば健康に暮らしていける。

ゆでたて

のブロッコリーはどうしてこんなに美味しそうな色なんだろう、うつくしいピンク色がどれだったのかはもうわからないけれど。

ワンシーン

写真に撮ればこの部屋に鳴りひびく音楽も、
消えうせるんでしょう。
記憶はあいまいで、絶対音感もぼくにはないから、
何を聞いても何も残らない、
同じ空気を吸っていること、好きという言葉、
それらもすべて同じことだ。
なにも、なかったかもしれない、
そんな可能性が耳の裏を流れている。

好きという言葉が要らない部屋もある。
たとえば、きみが住んでいる部屋。ぼくの瞳。

不器用なひとは、
自分のかけらを残していくみたいに歩いている。

そのうち、空っぽになるかもしれない、
生きるたびに身軽になる、重さを忘れていくんだときみは言う。
覚えているよ、と告げることが、だから、
すべてのような気がした。
ぼくの瞳にすみついた、きみの欠片を、ぼくは覚えているよ。

ハイスピード

不確実なものはいつも指先の上で、船を漕いでいる。このままどこかに行ける気が少しでもするならこのままでいようと考えている、地獄行き。東京のことなんて何も知らない、住んでいる空間のほとんどは透明な空気が充満していて、何かを思うたびにそれは勘違いだ、私の希望でしかない。きみは、どうやって、明日を見つけましたか。ほんとうに、24時間経つのを待てば、やってくると思っていますか、ほんとうに？

諦めてここまで来たんだ、昨日を捨てて、身軽になってまで生きた私が死について語るのは軽薄ですか。赤い糸があるならまず確実に、家族と、ローンと、死神とは繋がっているよね。進むだけで体力がいるのに道標なんていらなかった。あの日、私はきみを見つけた。軽くなきゃ届けることもできない言葉や感情に、なんの価値があるんだろう。きみは遠い、それでも生きて、走る体を持つだけだ。

生きているつもりで、死が一時停止の点滅をしている。
感情とはなんだ。セミの構造は折り紙に、よく似ていた。
湯気がマグカップからのぼっていて、
魂みたいにこれが確かなものなら、
天井も大気圏も突き破って、
ほんとうの意味での孤独を私たちに見せつけてくれ。

愛しているという言葉が輝くのは、
そもそも最初から幸せだった時だけだよ。

スターバックスの詩

美しく光っている体が、また、目覚めて私になる。
昼間、口のなかに夜がひろがり、甘い気がした。
体の構造が複雑すぎて、内臓のどれもがまぶしくて、
生きるとは星空の真似事をしているみたいだった。
きみがたとえ私を嫌いでも、その気持ちはいつも季節外れ。
冬だ。髪の先に川がからまって、海へと繋がっていくのを知っている？
さみしさにも体温があるよ、
私のすぐそばにいつも、海と雲が浮かんでいる。

12 歳の詩

部屋を買う

知らない人が何十年も、暮らしていた部屋を買いたい。
地球みたいだから。
生活も人生も美しいとかいう言葉が似合うわけないって、
死ぬまで言い続けたい。おむつをつけていた生まれたての
私は、ただ毎日が苦しかった。

果ての宇宙で我が家と同じような照明器具が自転をしてい
る、ひかりの周りには、ほこりみたいな岩石がぶつかり合
って、次第に大きな惑星になっていた。裸の知的生物が歩
いている星がどこかにはあって、彼らにとって、私たちは
恥知らずなのだと思うと安心する。きれいだからという理
由で人を愛するのがまともだと、どこかの星では認めてく
れる。醜いからという理由で殺されることもあるだろう。
宇宙の果てでは。

コーヒーをそそいで、黒い鏡を作っていた。部屋を選べる立場になったから、もう人生に文句は言えないと考える。息と一緒にしつけ糸が、口から、肺から、抜けていって、最低な生活、と呟いた。明日も、生きられる気がする。

グッドモーニング

あなたは若者がきらい。若者はだからいそいで老いていく。
だから、あなたも老いていく。
つきおとされたらきっと、空気抵抗で気持ちよくなりそう、
気持ちよく空白に飛び込めそうな、
宇宙の果ての崖に立ち尽くしている。
永遠にたどり着けないおふとんへ、飛び込んでいくような、
そういう感覚が死後だろう。

太陽が地球を照らして、夜と朝をつくることは傲慢だと思わないか。とにかくすべてを照らしたいから、もう一つの太陽になって、夜空にのぼりたい。滅ぶ生物もいるでしょうね。狂う自転もあるでしょうね。それでも私は朝が好き。きらいという感情が、人間の、最も根源的なものだったらどうしよう。世界を狂わせるのはいつだって、嫌悪感ですか、憎しみですか。破壊せよ！　ばらばらばらばらと銃弾が

飛ぶ中で、私はすべての時間を朝にして、草木を枯らして海を枯らして、地球が干からびる夢を見ていた。あなたは、若者がきらい。私は、あなたたちが好き。

アンチ・アンチバレンタイン

チョコレートが破裂してこの世界は生まれた。

わたしの肌がとけてすこしずつ流れていく
あの子のことを好き！と思ったところで流れていく
死がやってくる
何も救われていない体
何も手に入れていない体
だから死がやってくる
ラブレターを書いている
それをとどけたところで、きみにも、死がやってくる
この世界は美しくて何もかもができる気がする、ひかりをあびているだけで、なにかには平等に扱えてもらえた気がして落ち着くんだ。息をするだけで失敗した気がするのは変わらないけれど、痛みにも苦しみにも慣れて、ぐろてすくな食事にすら慣れたから、あとは人生を楽しむだけだ。蚊が好きになれないけれどあいつらは短命だから許すことにしたよ。ささやかだからなんだというのだ、いのちが美しいと慰め合うのもいい加減にしろ、きれいなこともきたないこともお前らには関係ない、私には、愛しているものがある、永遠も一瞬もない時間軸で、八十年を暮らす。比喩を語るたびフィクションになる人生を、すべて拾うよ、体のために生きる、部屋のために掃除をする、世界のために、きみに恋する。

しろいろ

レースは、空気にもすこしだけ縫いこまれているようで、光がそれを避けながら届いたとき、誰にも気づかれずに炎症した空気の、傷口をさがしていた。ひとりでいることが、私の体温を不安定にするのはほんとう。手を伸ばしていくとそのうち、ゆびさきから心臓まで流れているぬくもりが途切れる気がしていた。だから、うつくしいものへと手を伸ばすんでしょう。私がちぎれていくかわり、景色が私に混ざっていく。

美術館にいます。

からだは巨大な光という機械の、小さな部品でしかありません、それを動かして、うつくしいものにであうとき、やっと、私がここにいる理由が生じる。瞳です、光です、私は光。

ふれた永遠

あかちゃんがたくさんいるデパートで、
かれらが老人になる頃わたしはいないと思った。
さようならは不穏だから、なにをきみたちに言えばいいのかな。

肌に乗っている糸くずがしだいにからみあうようにして、あたたかいニットを作っていく。明け方にはなしたいことなどなにひとつなくて、このまま消えることを想像する。冷たくなった壁やアスファルトに朝日がさして、ゆっくりとあたためられていく間、私は部屋の奥へとにげてくる、黒い影のことを考えていた。このまま夜まで彼らがここにいられたら、私は明日まで生きながらえる。

さようならがない世界だけがほしい。約束はけっしてやぶらない人が、けっしてしなずに、けっしてうらぎらずに、カーテンのようにこの部屋に座っているのを想像して、それだけで十分と思い直す。死んでしまうときは世界も終わるんだとおもうだろうし、そうやっていくつもの花が閉じて静かに枯れていく。世界がすべて自分のものだったなんていうことを言ったところでだれも信じてはくれないけれど、たしかに私はすべてを握りしめていて、そうしてそのまま去っていくんだ。

さいごまで私のためにすべてはあったのだと、

世界は、ちゃんと信じさせて。

なにもかもが永遠にあるべきだよ。窓のサッシに溜まった露さえも。

糸

赤い糸は、体の底から何かを取り戻そうとするように伸びて、
地上からおよそ5センチのところを彷徨っている。
金の愛、銀の恋、
愛は金色の糸でつながっている、恋は銀色の糸。
ふたつはくるくると絡まりながら、どこかへと向かう、
地球を一周して、わたしの背中に繋がる気ではないだろうか、
金銀の水引きで、地球をお祝いするつもりかな。

赤い糸には名前を書くところがない。ただ体に巡ることもで
きなくなった、震えるほどのさみしさが溢れているだけ。
あれを、かわいがってはいけませんよ。
きみよりずっと昔から、この大地に暮らす不死身の蛇です。

夢を嵐のようにまきちらしながら、生きてきたらあたりは花畑。
花を摘んで、リボンで結んで、届けることができるようになる。
見慣れた花に幸せは感じないけど、私以外は嬉しいんでしょう。
あかきいろしろいろの花。
かけがえもない、生きていることが尊いと他人が言うのは信じられない、
私がそれでも積み重ねてきた、傷ついたり喜んだりの繰り返しは、
誰かを傷つけたり喜ばせたりすることに、役立つだろうね。
まぶたの上にちょうど、カーテンの隙間から漏れた光が重なる。
見て、と言われた気がして目を開けた。
こうしてまた、今日も朝を受け入れる。

透明の詩

文学

私たちは生きているということに押しつぶされて、つるつるとした小石だったころを忘れようとしていました。雨が素肌に這うと、美しさはより一層増して、だれにとっても食べる価値のない石ですが、空や海があるから、それらと同じだと思っていた。約束などいらなかったし、他人などいらなかった。時間と空間の結び目として私はいるのだと、当たり前のように信じていたから、ここにいるだけで出会いは、出会いのよろこびは、満ちている。

あなたが生まれてきた意味を、私は作ることなどできない、生まれてしまったひとのことを、愛することなどできない、朝が終わっていく、夜がはじまる、そのできごとにきみの名前をかざりたい。

10歳

夏休み冬休み春休み友達が消えて教室が空っぽの中わたしという存在だけがアイスクリームを食べている。遠いところでセミが鳴いて、山が変わらないのに昨日とは違う色をしている気がする。ひかりや時間は止まりもしないから、置き去りにされる感覚だけがいきるということと知って、ビーチサンダルとはだしのすきまに紛れ込んだ砂が、この町のわたしに似ていると思った。算数の宿題をするあいだ、手のひらにぴたぴたと汗みたいなものがたまって、国語の宿題をするあいだ、扇風機がくれた風はいつまでもわたしの髪型をこわす。どうぶつを庭で見ないから蚊のことはきらいだから虫が好きなともだちのことバカだとしか思わない。曜日や暦のことを忘れていくなかで、白くて細い張りつめた弦が、世界とわたしの間にあって、ときどき振動するのを見ていた。風にも揺れた、山の色にも揺れた、空の色が変わっていくこと、雲の様子にも震えて、わたしはここからどこにもいけず、それでも今夜もよくねむる。

夏に飛んだ花火のうち、
いくつかがいまも空で弾けずにとどまっていて、
ときどきがまんのできなかった火薬が散って、雲をこわす。雪が降る。
どこかでまた交通事故が起きてしまう。
街だから、人はどこかでかならず死ぬ。

「だめです、とても悲しいです、指がこぼれていきそうです、
　肌が一ミリも残さずに触れてくれと泣いています。
　人が死んでしまうことで切ない気持ちになれるなら、
　わたしはできるかぎりながく生きて、
　美しいものができるかぎり生まれないようにしたい。」

大雪警報の詩

光の匂い

夜のあいだは、この都心の大気圏を、巨大なナイフが、羊羹みたいに切り離している。すきまに、宇宙からこぼれてきた透明の光が挟み込まれてまた明日、私たちは距離を見誤る。ゆがめられていくことに誰も気づかないで、愛しているを信じている。

朝は、光の匂いがする。せいいっぱいためこまれたものが、蒸発をして世界の壁すべてにへばりついている。生きていることがあいまいでもかまわないじゃないか、勝手に美しくいてくれる、草や雲があるというのに、どうして生きることを奇跡と呼ぶの。

縄跳びをしている子が、突然飛んだまま消えてしまう気がして見つめていた。きみがいなくなってもいいよ、たぶん、重ねてきた時間が光に飲まれただけだから、慣れることは平気だよ。お花見、あじさい、すずらんの群れ、もう永遠にこんな景色は見られないと言いたげに、毎年カメラをもつ人が、宇宙でいちばんうつくしい春。

グーグルストリートビュー

家の中をグーグルストリートビューで公開して、やっと友達ができた気がしたよ。誰が来るのかわからないからたくさんのケーキを並べておいたら、まるで仏壇みたいだって声が出た。伝統は確かにつむがれている、たくさんの生霊を待っている、団地にて。

人が死ぬと死因が気になる、それがどうしてかわからないけれど、あとで懺悔もしたくなる、去る人に理由を問い詰めるようなことしたくはなかった、でも死別なら別だと言っている人をそれでも否定できない。死んでしまうなんて、裏切られた気がしてしまうわ。わたしの部屋ではどうしてか植物はみんな枯れて、かわいそうだと言うより怒ったほうがしっくりきていた。花はとてもきれいで、きれいだから買ってきた。ぜんぶわかるよ、どんなふうに正論をつくれば、他人を傷つけられるか、自分を傷つけられるか。枯れるとわかって花を買った。死ぬとわかってペットを飼った。体を、論理で機械化していくのは楽しいかもしれないけれど。

楽器を買えばいい、理屈でも美しくなるものを知ればいい、正しさも突き詰めれば終わりがなくなる。わたしは、音楽をはじめればいいと思う。

少女漫画はいつだって刃。
意外と、わたしもきみも傷つけられるのが好き。
皮膚が、やわらかいと愛される。感受性豊かですね。
降り注ぐ雨がナイフだったら本当にかわいいのは誰か、
きっと、すぐわかるね。
もはや絶望よりも、疲労がほしいよ。
誰もいない大通りを走り抜けて、
瞳の中がチカチカするような、そんな夜が似合う月。

スニーカーの詩

BABY TIME

死後、名前は溶けて光になるよ。だから泣かないでほしい。そんなものは意味がないと言いたいのもわかるけれど、光はただ遠くへと走り続けるだけだから。

公園の木々がどれくらいのスピードで伸びていっているのかを知らない。枝葉が何かに到達しそうな形をして、ぴんと天にむいている。墓場がない彼らは、きっと記憶していくしか別れ方を知らなくて、だからきっと年輪がある。紙になること、本になることを喜んでくれている。

買いたてのノートに、日々のことを記す。左手首では時が、刻まれていく。忘れてしまったものでさえぼくの体を作るならば、燃やされても、だれの記憶にも残らなくても、生きた、と言える気がしていた。窓の外から見える花の名をもうとっくに忘れていた。その喪失の中に、ぼくはいる。

宇宙飛行士

宇宙の映像を見たところでそれがとても近くにある出来事だと信じられないからいつまでもきみは自分を大事にしない。惑星も恒星もピアスにできるぐらい近くで爆発をしたり冷えていったりしている。訃報を話題にするたびに、自分は死なないような気がしてしまう。寒さよりも明確にわかる痛みなんてないはずなのに、すぐに苦しいとかいう。きみはまだ身体の1割も動かせていない、心については2パーセントだ。

ブラックホールは死にかけなのにね。吸い込まれたらどこかに出ていける気がして、進むことを躊躇しない。どの街にも行き止まりはある、宇宙の果てにも必ずある。ねむりながら、夢の中で知らないひとと喧嘩をしてみた。生きてと言うたび、やわらかくなる。私の骨がやわらかくなって、人混みがガムのように私を噛む、どこまでも、広がっていける気がする。

花というか海というか空というか
犬というか猫というか水というか
天使というか地球というか、きみが、かわいくてしかたがない。
曇り空の日の夕焼けはスモーキーピンクに見える。
愛されたいという欲望で駆り立てられた人間が
なんだかんだで一番にうつくしいし、
朝焼けよりきれいな夕焼けを、一度も見たことがない。
長く、続いていく列車の音を聞いて、
今日も明日もこんなふうに生きていくんだろうと思った。
鳥の鳴き声が、空が暗く落ちるその物音みたいに響く。
私は、私のことが好きだけどね。そうコーヒーを飲んでいる。

誕生日の詩

るすばん

パジャマの袖からこぼれていくものを、ただの純粋さだと、ただの初々しさだと、見逃しながら、それらが朝にみる絹のような光をつくっているのだと知っていた。私の中にあったものは、私から外れていきながら、世界を少しまぶしくして消えていく。大人のひとが結婚式でつけるヴェールは私がこぼしてきたものにそっくりで、こうしてなにかを美しくできるなら、これからも失っていこう、にわとりの鳴き声のようにからっぽになっていこう、と決めていました。毎日、朝がどんどん白くなって、行ってきますと言ったおとうさんもおかあさんもおねえさんも弟も、消えていくようにしてその中へと入っていく。パスワードなんてないのに、現実に行ってしまって、それでもまた帰ってこなくてはいけなくて、こんなに苦しいことを決めたのはだれだろう。物語より電話のほうがフィクション。声は届いてもきっと、その人はどこにもいないのです。

大人になって、苦しくなったらこのスキューバダイビングはやめて、水面に顔を出そうと決めている。それまできちんと覚えていなくてはいけない。このまっくろい海の底、私が最初生まれた風景、くらやみとぬるい誰かの体温。すがすがしさや朝やしあわせに気を取られてはいけないよ。

赤色の詩

いつのまにか2時になり雨が降っていた、遠くの国で
行われている選挙や争いについて知るたびに私は歯で
自分を砕いて、ほとんど何も認識できないつぶつぶに
なりながら、世界中へと降り注いでいる気がしていた。
雨が降っている世界もあれば、そうでない場所もある、
ということすら頭を使わなければ想像ができない私に、
正しさのことがわかるわけがない。

怒りや憎しみがあふれてしまう人ばかりで、
それはそういう感情も愛なのだと思っているから。
毛先まで水滴が浸っている、声が震えている、
一つの炎のようにしか、私のこころは存在できない。
あなたが手に入れようとしているものはすべて、
あなたのものではないもので、

だからなにをしても強奪にしかならないのだけれど、
それでも、そのことを認めてしまえる私たちの命の火。

夏は人の死が肌の近くに感じられて、
それが薄着のせいなのか、
お盆なんてもののせいなのか、わからないけれど、
幽霊が見えたらいいなとお腹が空くたびに思ってしまう。
水族館にいる魚はほとんど死んでいるみたいだった。
死んでしまった人の左手にも生命線が残っていて、
目の前のこの景色が生きているかどうかなんて
私には永遠に分からないと思う。
ちゃんと、動物すべてにおいしそうだと言える人でありたい。
私のこと忘れないでと願うたびに、きみは私を忘れていった。
かならず帰る、という連絡ほど、人を、幽霊にするものはない。

精霊馬の詩

映画館

映画館で観られるものは全部、きみの隣に座る、一人で来ている女の子のために作られたものだ、としたら、その女の子のために花でも買ってあげればきみは世界一の映画監督になれる。かならず、だれかを幸せにできる人になりますようにって幼いきみに、ママが願ったから。だから、すれちがっただけだけれど、私はきみにであえて幸せだったとおもいこむことにした。

ひとはひとを見てはいない、花と花瓶と人の肌を同列に見て、それでも死はかなしいものだと思うとき、それはすこしだけ願いに似ている。不安だから、その人が尊いのだということを死ぬまで、信じていたいから、すべての人の人生が、映画になっていてほしい。

光の束をかきあつめるようにして映画を観る人。きみの瞳から光が映写されて、だれかを照らしているとき、それこそがきみの映画なのだと、気づくまで、生きて。

夢の住人

首の長いきりんの見る夢は、全身にまわるまで時間がかかるからきりんは目を覚ましても足がすこし夢見心地。手のひらからこぼれてくる私とは関係なさげなかなしさは、空が見ていた夢なのだと思う。洋服を買う、植物のように光を栄養に変えることはできないから、代わりに咲く必要もない。スカートを買う。

いつも通り過ぎていたビルの屋上に実はちいさな神社があって、そのことを知ってから雨が愛おしくて仕方がない。私が知らない景色を見て、それから落下してくる液体は、夜より朝より尊いものを連れてくる。光が反射して、ここまでが現実だと教えられても、その先に行きたがるのが肉体です。きみの名前は知っている、でもきみが私に見せるのはそんなものじゃないだろう。仲良くなろう、どこまでも永遠にわかりあえない、きみのことなど、知りたくもない。

自己紹介

この世界に生物はいない。体温が下がったり上がったりは観測できるけれど、ここに女の子も男の子もいない。星がぶつかって割れて、ちいさな衛星として私の周りを回っている。すべてをガラス細工だと思っています。すべてはあやうい。すべてを尊重して、生きています。この世界に生物はいない。

スタートした、銃弾が、透明のガラス、桃色のガラス赤のガラスをつらぬきながら、水色のガラスへと向かっていった。銃弾だってガラスだから次第に壊れて消えてしまった。喪失した気がするけれど、破片は足元に散らばっている。だれも生身じゃないからその上で踊っても怪我はしないはず。朝が来るとそこは光が乱反射して、花畑だといわれるようになるんだ。

私の体はどこにもなく、貸金庫に預けてきたような気がする。いつのまにか割れて、こなごなになってしまった気もする。あなたが呼ぶ名前は肉体のもの、この肉体は地層のもの。地球が、回るためのもの。性別、ヘアスタイル、ネイルカラー、すべてこの土のもの。透明の声は、必ず光をまといます。肉体につれさられてしまうのはやめて、朝のうちに、光に目が慣れないうちに、こんにちはと言ってください。あなた、ここは、もっと涼しい場所。

こんなにもこの世界がどうでもいいなんて驚きだなあ、
と思いながら床に転がって天井を見ている。
じっとしているのに落下していく感覚。
外で、雨が降っている。
レコードを相変わらず使っているという会話の中に、
入り込む外からの音声が、こんな時間もかけがえのないものにしていた。
すれ違った人、私の声を聞いたことがある人、同じ酸素を共有した人、
清潔なんかじゃない海が、山が、日光で輝いて、
私たちは手放しにきれいとつぶやく。
大丈夫、この街が嫌いでも生きていけるよ。

坂道の詩

春色とは何色なんだろう、
たぶん透明なんじゃないかなあ、
冬はちょっとだけ灰色だった、
なにもかもが薄暗くて、そのときは気づかなかったけど、
最近になって「やっと透き通った」と何度かおもった。
緑とか黄色の花とか見てると、
光がありのままで、私に届きはじめた予感がする。

春、どこまで飲み干せばこの季節は終わるのか、わからない。
地球の大気の9割は、透明すぎる、ガラスのコップ。

ガラスの詩

恐竜と紙

使わなくなった言葉を編み込んで、私たちは長い尾のように、忘れてしまった自分の体を引きずって暮らしている。魚が無理に陸に出て、歩いているようだ、傷だらけになった半身を指先でつついている他人に、なんて声をかけたらいいのかわからない。地上に落ちた隕石のほとんどを知らず、生きていけるからいつか私は家にも帰られなくなるだろう。

本当は、テレパシーが使えるのかを確かめるための実験だった。抱擁やウインク、くちづけといった言葉ではない合図。きみは好きだけど、きみの肉体は好きじゃない。そう言える魂でいたかった、生まれたころは。

紙を出して。
きみが書いたこのすべては、きみより早くに海に溶けていく。

生き物は、みんな海から生まれたらしいよ。まだ、言葉を探すのをやめない。大丈夫、波音がやむことはない。

球体

7月の最初はいちねんのまんなかだから、いろんなことが始まったり終わったりする。海が開かれたり、スキーが終わったり。私の体温も少し変わって、曖昧な自我の立ち位置がまたさらに歪んでゆく。窓をとざして、日光が照らす部屋の中に風が吹いたのならそれは、幽霊でしかなかった。

死にたくなる感情がどんなものか、さみしい私にはわからない。電車とか、喫茶店とか、私の隣に何かを置いた人は、みんな大抵それを忘れていく。すべてを透明にする体が私にあるなら、かなしいひとすべて、私と友達になればいい。

うつくしいと思った光景にはすべて色が付いていた。名前がないひとたちが、いない世界。せめて、溶けたいと願っている。さいていな出来事やきみの傷口すべてに溶けて、私が生きるたび、すべて過去にしていきたい。

夜は世界が終わるのを待っている子供が、
毛布の中でうずくまっているから始まる。
ひとりでも、明日はいいことがあるかもしれないと、
期待する子がいるから朝が来る、
それだけでしかない３６５日。朝も夜もぼくには関係ない、
はずれてしまった関節のように、空の上で切り替わっていった。

すべての時間は土夏。
ぼくの人生は死の間際になって、
何もかもまるで夏のようだったとぼくに錯覚させるだろう。
流れていった水のことは蓄積された小石でしか記憶できず、
最後に見た桜以外、本当は満開の景色など忘れている。
孤独なんだね、ときみが言うなら、
ぼくは本当に、孤独なのかもしれない。

年末の詩

5年後、太陽系、みずいろ

5年後のいま、私がどこにいるかなんて考えてもきっとわからないし、それはもしかしたら死んでしまっているからかもしれない。急に咲いた桜は、覚えるより早くに散って、どうしてすべては幻のように振舞うのだろう。こわくなる、わたしは編まれていくだけの命のようにも思えて、だからこそ過去も未来も息苦しい。私が途絶えたら似た色の毛糸を持ってきて、繋げるんでしょう、私の死と。そして編み物を続けていく。それは、なんのために、なんていうのは野暮ですよ、命とはなんのためにあるの。野暮ですよ。

どこかの世界ではわたしの輪郭が正しい直線なのかもしれない。国境のように花びらの輪郭が区切っているものもある。淡い色が混ざり合いながら、空を作っているようにも思えるけれど、たしかな手の動きによって、描かれた油絵なのかもしれない。わたし、生きていることをあなたに証明させたいのだ。あなたの瞳に映るたび、光っている。

月の色は、太陽に染められた砂の色。いつまでも、ここを見ていて。

白い花

あなたの身体には強度がある。
この数十年を生き延びてきた、称号として言葉があり、知性がある。人格というものが生まれつきのものであるかのようにあなたの日々を支配するけれど、どんなに祈っても皮膚から花は咲かない。花は花の意思で咲く。きみは念じるようにして、きみの骨を骨のまま、閉じて、固定していた。本気で祈れば白い花をそこから咲かすことができるのかもしれないけれど。そしたら、あなたの体はただの大地として花を支えることになるけれど。

息を吐くたびに、透明のリリアン編みを私の気管にほどこして、いつのまにかやわらかい少女が体の内側に出来上がっていた。その子を守るために生きていると信じられて、そのとき私は私のことを忘れてしまったのかもしれない、思い出したのかもしれない。強く、誰でも傷つけられる爪のその先に、広大な野原と空のドームがひろがって、咲いては枯れる花束を刈り取る村人たちが暮らしている、その果てで、彼女は育っていた。土の光、水の光、光のない私の体。

細胞の隙間にはすべて河が流れ込んで、
血液のふりをしている。
きみが見た海のなかには、
河が流れ込まない海など一つもなかった。
浜辺に落ちているものはすべて、過去の残骸で、
拾いに来る人はいない、
未来は本当に、ぼくたちのものなのかな。

大丈夫、きみは子供のままだよ。
しわくちゃの手の甲に雨が溜まる、
生まれておめでとうと、雲は百年、きみに告げる。

潮干狩りの詩

無限の魂

紫陽花みたいなバラが瞳の中にはあって、きれいなものも密集すると気持ち悪い。人類は多いから、人間にまつわるものはほとんど密集しており気持ちが悪い。

たった一つになりたいから、たった一つになるために、たった一つだけを愛してみる。ひとは、大して違いもないものを適当に選んで愛してみる。三つ編みをつくるようにして、また家系図が伸びていく。太陽のひかりは柔らかくてつかめないほどの白い糸でできていて、きみが指を動かすだけですべてと、絡まっていくのだ。私ときみはそうして生まれた。体の一部に、夏と冬と春と秋のひかりが、混入している。ママ、パパ、ありがとう。うれしいね。

絶景をみたときに
ぶわっとひろがる白い光を言葉に変える。

かならず愛してほしい、この星に生まれたならぼくのことを愛してほしい、山の斜面にすべる太陽の光が、プリズムを抱えているようだった、その光景も、世界中の絶景も、かならず愛してほしいというぼくの声そのものだった。バスに乗って車窓から見えた、ちいさなきれいもすてきも、かわいいも、すべてがぼくの声だった。愛されている気がする。生きているかぎり愛されている気がする、透明の空気を吸うだけで満たされる部分があり、畳のうえでじっとしていた。このまま七千年が過ぎていってほしい、体の中に空白があり、それがゆっくりと崩れていくころ、暮らす家の柱も腐り、倒れて、息をすることが困難になる、肌は乾燥し、ほどけて毛玉のようになり、風に乗って飛んでいった。このまま終わるしかないことがかなしくて、千年後、ぼくは泣いている。孤独などなかったこの人生をどうか終わらせないでください。遠くの海で夕日がだいだいの光を垂らしている。その景色が、みんな好きだ。青い空もいいけれど、この一瞬もたまらないね。「かならず愛してください」、ぼくの声が、響いている。

あとがき

わかるよと、あなたに言うことはできない。

どんなに時間をかけても、共にいても、恋をしても、あなたに、わかるよと言うことはできない。ひとに、生まれつき備わっている愛なんてない、生まれつき、知っている人なんてどこにもいない、わかりあいたいとは思っても、指先を伸ばしたその瞬間が、愛情の、優しさの、思いやりの、すべての到達点だった。生まれたころ準備されていた私たちの未来には、互いの存在自体を知らないまま生きる、可能性が、ほとんどを占めていたんだよ。その中で、会えたから、見つけられたから、ここでもう、おめでとうと言いたいな。わかってほしい、わかりたい、そう願って、何も叶わないと泣きながら、ひきさかれながら、自分に、そして誰かに幻滅していくなんてあまりにもさみしい。


それでも。

誰かに、わかるよと言われなくては、傷ついているのだということを認めることもできなかった。今だとかここだとか、私の瞳は簡単に世界を切り取るけれど、その全貌すら見えやしなかった。私が今、何を思っているかなんて、私には、ずっとわからない。どうして、森林の中でじっと立ち尽くしていると息をするのを忘れるのかな、どうして、モネの絵を見ていると泣きたくなるのかな、どうして、夏の夕焼けを見たあとは、忘れ物をした気がするのか。わからないまま生きてきて、きっとわからないまま終わる。それでも、私は私のことを「自分だ」と呼ぶ、それができるから、私は失敗しても、誰かを傷つけても、誰かに傷つけられても、生きていけるのだ。曖昧なまま、私は私を信じられた、私のしあわせを、願っていられた。

傷口が、私の輪郭なのか、世界の輪郭なのかわからないまま、境界として途方にくれていた。だれかが、わかるよ、と言ってくれるまで、このまま、形のない熱や痛みのままで、どこに、手を当てたらいいのかすらわからないまま、ひとりきりで乾いて、かさぶたを作っていく。傷ついていくことが、こわれていくことだと、だめになっていくことだと当たり前に信じてきたけど、でも、本当は、何かをそっと手作りしている途中なのかもしれないね。縫い目が増えていく。ぬいぐるみが、できあがっていく、毎日。

あなたの痛みに、わかるよ、と、言うことはできない。でも、誰にもわからなくても、あなたの痛みはそこにあるよ、と伝えたい。私などないまま、あなたの中に、あなたのものとなって、溶け込んでいく言葉を、書いていきたい、私にあるのはそれだけです。あなたの、曖昧さを抱きしめる、その一瞬になりたかった。この詩集に、出会ってくれて、本当にありがとう。

初出

スクールゾーン　「飛ぶ教室」47号（光村図書出版）
ピンホールカメラの詩　ネット
ビニール傘の詩　書き下ろし
冬は日が落ちるのが早い　「飛ぶ教室」44号（光村図書出版）で発表したものに加筆修正
海　「GINZA」２０１６年11月号（マガジンハウス）
真珠の詩　『団地のはなし　彼女と団地の８つの物語』（編著 東京R不動産・青幻舎）で発表したものに加筆修正、改題
プリズム　書き下ろし
ワンシーン　「SPUR」２０１７年６月号（『映画　夜空はいつでも最高密度の青色だ』にあてて・集英社）
ハイスピード　書き下ろし（『映画　夜空はいつでも最高密度の青色だ』にあてて）
スターバックスの詩　「SPUR」２０１７年３月号（集英社）
12歳の詩　「SPUR」２０１７年１月号（集英社）
部屋を買う　『団地のはなし　彼女と団地の８つの物語』（編著 東京R不動産・青幻舎）
グッドモーニング　書き下ろし
アンチ・アンチバレンタイン　ネット
しろいろ　「TOKYO美術館」２０１７－２０１８（エイ出版社）
ふれた永遠　「花椿」０号（資生堂）
糸　書き下ろし
透明の詩　書き下ろし
文学　「たべるのがおそい」vol.3（夏目漱石をテーマに・書肆侃侃房）
10歳　ネット
大雪警報の詩　ネット
光の匂い　「THE FIFTH SENSE」https://thefifthsense.i-d.co/jp/

グーグルストリートビュー　書き下ろし

スニーカーの詩　ネット

ＢＡＢＹ　ＴＩＭＥ　「Maybe!」vol.2（BABY-G GALLERY @ Maybe! museum・小学館）

宇宙飛行士　書き下ろし

誕生日の詩　「SPUR」２０１６年12月号（集英社）

るすばん　書き下ろし

赤色の詩　書き下ろし

精霊馬の詩　ネット

映画館　「神戸シネマ・マップ」（35㎜フィルム映画祭実行委員会）

夢の住人　「たべるのがおそい」vol.3（夏目漱石をテーマに・書肆侃侃房）

自己紹介　書き下ろし

坂道の詩　ネット

ガラスの詩　ネットで発表したものに加筆修正

恐竜と紙　「装苑」２０１７年８月号（文化出版局）

球体　「現代詩手帖」２０１６年８月号（思潮社）

年末の詩　ネット

５年後、太陽系、みずいろ　書き下ろし

白い花　書き下ろし（「早稲田文学」２０１７年女性号によせて）

潮干狩りの詩　ネット

無限の魂　「現代詩手帖」２０１７年１月号（思潮社）

絶景を見たときにぶわっとひろがる白い光を言葉に変える。　書き下ろし

最果タヒ　さいはてたひ　詩人・小説家

1986年、神戸市生まれ。

2006年現代詩手帖賞を受賞。2007年詩集『グッドモーニング』刊行、同作で中原中也賞受賞。2012年詩集『空が分裂する』、2014年詩集『死んでしまう系のぼくらに』刊行、後者で現代詩花椿賞受賞。2016年『夜空はいつでも最高密度の青色だ』刊行、2017年映画化され、話題となる。

小説家としても活躍、2015年『かわいいだけじゃない私たちの、かわいいだけの平凡。』『星か獣になる季節』、2016年『渦森今日子は宇宙に期待しない。』『少女ABCDEFGHIJKLMN』、2017年『十代に共感する奴はみんな嘘つき』刊行。エッセイ集に2016年『きみの言い訳は最高の芸術』、共著『かけがえのないマグマ 大森靖子激白』。

http://tahi.jp/

愛の縫い目はここ
2017年8月8日　初版第1刷発行
著者：最果タヒ
ブックデザイン：佐々木 俊

発行者：孫 家邦
発行所：株式会社リトルモア
〒151-0051 東京都渋谷区千駄ヶ谷 3-56-6
TEL: 03-3401-1042　FAX: 03-3401-1052
info@littlemore.co.jp
http://www.littlemore.co.jp
印刷・製本：シナノ印刷株式会社

ISBN 978-4-89815-464-9　C 0092